Der Sütterlin-Struwwelpeter

Heinrich Hoffmann

Der Struwwelpeter

oder

lustige Geschichten und drollige Bilder

Ausgabe in Sütterlinschrift

herausgegeben von
Walter Sauer

Edition Tintenfaß

69239 Neckarsteinach (Germany)
www.editiontintenfass.de
info@editiontintenfass.de

Satz: τ-leχιs · O. Lange, Heidelberg
Druck und Bindung: ADverts printing house, Riga (Lettland)

Druckprodukt mit finanziellem
Klimabeitrag
ClimatePartner.com/18246-2410-1004

Printed in the European Union

ISBN 978-3-937467-58-0

Vorwort

Wenn man einer Kinderbuchfigur ewige Jugend bescheinigen kann, so ist es wohl der „Struwwelpeter". 175 Jahre hat er schon auf dem Buckel und ist trotzdem kein bißchen älter geworden als damals, als er zum ersten Mal auf dem letzten Blatt eines selbstgemachten Bilderbuches im Hause des Dr. med. Heinrich Hoffmann in Frankfurt am Main das Licht der Welt erblickte. Seither sind sein Schopf zwar verschiedentlich umfrisiert und seine zunächst ellenlangen Fingernägel merklich zurechtgestutzt worden – besonders seit der erneuerten Bildfassung von 1859 –, aber dennoch hat er seine Prophezeiung wahr gemacht, die ihm sein „Vater" zur 100. Auflage im Jahre 1876 in den Mund legte: „Ich bleibe der Bursch, der ich war!" Und diesen Wahlspruch haben sich auch die anderen „drolligen" Gesellen der „lustigen Geschichten" zu eigen gemacht: Zusammen mit den antiquierten und manchmal holprigen Knittelversen und den nicht eben modernen pädagogischen Vorstellungen verleihen die originalen Illustrationen aus der Mitte des letzten Jahrhunderts dem Buch den Charakter eines herrlich altmodischen Bilderbuchs. Gerade dies scheint mit zur anhaltenden Attraktivität des Buches beizutragen.

Nur in einem ist der „Struwwelpeter" mit der Zeit gegangen. Und zwar hat er sich während seines Verlagslebens verschiedentlich den Moden der Druck- und Schriftkultur angepaßt. Werfen wir einen kurzen Blick auf die wichtigsten in deutschen Ausgaben verwendeten Schriftarten und ihre Geschichte.

Hoffmann selbst verwendete in seinem Manuskript die damals übliche sog. „Deutsche Schreibschrift", die im 18. Jahrhunderts aus der Kurrentschrift des 16. Jahrhundert entwickelt worden war. Die gedruckten Ausgaben zeigen selbstverständlich von Anfang an die in Deutschland übliche „gotische" Fraktur oder „gebrochene" Schrift. In den verschiedenen Ausprägungen dieser Schrift wurden die Struwwelpeterbücher bis in die vierziger Jahre dieses Jahrhunderts gedruckt. Erst im Jahre 1941 machten die Nationalsozialisten, die zunächst jahrelang die Fraktur als „deutsche", „arteigene" Schrift favorisiert und die konkurrierende „Antiqua" als „nichtarisch" diffamiert hatten, nachdem sie darin plötzlich „Schwabacher Judenlettern" erkannt hatten, der Kontinuität einer eigenen deutscher Schriftkultur ein Ende. In einem „nicht zur Veröffentlichung" bestimmten, von Martin Bormann unterzeichneten Rundschreiben verfügte Hitler, daß künftig „die Antiqua-Schrift als Normalschrift zu bezeichnen sei" und „nach und nach sämtliche Druckerzeugnisse auf diese

Normalschrift umgestellt werden" sollten. Was blieb dem armen „Struwwelpeter" also anderes übrig, als sich im Druck gleichschalten zu lassen?

Wenngleich auch weiter manche Bücher im alten Fraktursatz gedruckt wurden, so leitete diese Willkürmaßnahme dennoch den Niedergang der überkommenen Schrift- und Drucktradition ein, eine Entwicklung, die sich, durch mancherlei politische und kulturelle Faktoren bedingt, in der Nachkriegszeit fortsetzte. Dasselbe Schicksal ereilte auch die deutsche Schreibschrift. Heute ist in der jüngeren Generation die Fähigkeit, Fraktur zu lesen, stark zurückgegangen. In der Tat gilt ein in Fraktur gesetztes Buch schon fast als ein nostalgisches Kuriosum, dessen Marktchancen nicht eben groß einzuschätzen sind. Folgerichtig werden heute die vielen Ausgaben des Struwwelpeter in aller Regel im Antiquasatz gedruckt. Was die deutsche Schreibschrift angeht, so tun sich heute die meisten schwer, einen darin abgefaßten Brief zu entziffern, und ihre aktive Beherrschung stirbt mit denen, die sie noch als Schüler erlernten.

Die hier vorgelegte Struwwelpeterausgabe gibt sich, was die Schrift angeht, bewußt altmodisch – ähnlich altmodisch wie die darin enthaltenen Geschichten und Bilder. Sie reproduziert den Text in der sogenannten Sütterlin-Schrift, einer Variante der deutschen Schreibschrift, die, nach ihrem Schöpfer, dem Berliner Grafiker Ludwig Sütterlin (1865–1917), benannt, im Jahre 1915 in den deutschen Schulen eingeführt und als Gebrauchsschrift verwendet wurde. Neben Fibeln wurden bis in die vierziger Jahre auch zahlreiche Kinderbücher in dieser Schrift gedruckt, u. a. Struwwelpeterausgaben des Mainzer Verlages Jos. Scholz und des Loewes Verlags Ferdinand Carl in Stuttgart.

Vielleicht können durch dieses Struwwelpeterbuch in Sütterlin-Schrift manche Kinder und junge Menschen dazu angeregt werden, die „Lustigen Geschichten" aus vergangener Zeit in einer Schriftform zu entziffern, die ihren Groß- und Urgroßeltern geläufig war, um damit auch ein Stück alter deutscher Schriftkultur kennenzulernen.

Im Anhang dieser Ausgabe ist zur Vergewisserung beim Lesenlernen der Sütterlin-Schrift der gesamte Text auch in „lateinischer" Schrift (Antiqua) wiedergegeben.

Walter Sauer

Der Struwwelpeter

oder

lustige Geschichten und drollige Bilder

Wenn die Kinder artig sind,
kommt zu ihnen das Christkind;
wenn sie ihre Suppe essen
und das Brot auch nicht vergessen,
wenn sie, ohne Lärm zu machen,
still sind bei den Siebensachen,
beim Spaziergehn auf den Gassen
von Mama sich führen lassen,
bringt es ihnen Guts genug
und ein schönes Bilderbuch.

Sieh einmal, hier steht er,
pfui! der Struwwelpeter!
An den Händen beiden
ließ er sich nicht schneiden
seine Nägel fast ein Jahr;
kämmen ließ er nicht sein Haar.
„Pfui!" ruft da ein jeder,
„garst'ger Struwwelpeter!"

Die Geschichte vom bösen Friederich

Der Friederich, der Friederich,
das war ein arger Wüterich!
Er fing die Fliegen in dem Haus
und riß ihnen die Flügel aus.
Er schlug die Stühl und Vögel tot,
die Katzen litten große Not.
Und höre nur, wie bös er war:
Er peitschte seine Gretchen gar!

Am Brunnen stand ein großer Hund,
trank Wasser dort mit seinem Mund.
Da mit der Peitsch herzu sich schlich
der bitterböse Friederich;
und schlug den Hund, der heulte sehr,
und trat und schlug ihn immer mehr.
Da biß der Hund ihn in das Bein,
recht tief bis in das Blut hinein.
Der bitterböse Friederich,
der schrie und weinte bitterlich. –
Jedoch nach Hause lief der Hund
und trug die Peitsche in dem Mund.

Ins Bett muß Friedrich nun hinein,
litt vielen Schmerz an seinem Bein;
und der Herr Doktor sitzt dabei
und gibt ihm bitter Arzenei.

Der Hund an Friedrichs Tischchen saß,
wo er den großen Kuchen aß;
aß auch die gute Leberwurst
und trank den Wein für seinen Durst.
Die Peitsche hat er mitgebracht
und nimmt sie sorglich sehr in acht.

Die gar traurige Geschichte mit dem Feuerzeug

Paulinchen war allein zu Haus,
die Eltern waren beide aus.
Als sie nun durch das Zimmer sprang
mit leichtem Mut und Sing und Sang,
da sah sie plötzlich vor sich stehn
ein Feuerzeug, nett anzusehn.
„Ei", sprach sie, „ei, wie schön und fein,
das muß ein trefflich Spielzeug sein.
Ich zünde mir ein Hölzchen an,
wie's oft die Mutter hat getan."

Und Minz und Maunz, die Katzen,
erheben ihre Tatzen.
Sie drohen mit den Pfoten:
„Der Vater hat's verboten!
Miau! Mio! Miau! Mio!
Laß stehn! sonst brennst du lichterloh!"

Paulinchen hört die Katzen nicht!
Das Hölzchen brennt gar hell und licht,
das flackert lustig, knistert laut,
grad wie ihr's auf dem Bilde schaut.
Paulinchen aber freut sich sehr
und sprang im Zimmer hin und her.

Doch Minz und Maunz, die Katzen,
erheben ihre Tatzen.
Sie drohen mit den Pfoten:
„Die Mutter hat's verboten!
Miau! Mio! Miau! Mio!
Wirf's weg! sonst brennst du lichterloh!"

Doch, weh! Die Flamme faßt das Kleid,
die Schürze brennt; es leuchtet weit.
Es brennt die Hand, es brennt das Haar,
es brennt das ganze Kind sogar.

Und Minz und Maunz, die schreien
gar jämmerlich zu zweien:
„Herbei! Herbei! Wer hilft geschwind?
In Feuer steht das ganze Kind!
Miau! Mio! Miau! Mio!
Zu Hilf! das Kind brennt lichterloh!"

Verbrannt ist alles ganz und gar,
das arme Kind mit Haut und Haar;
ein Häuflein Asche blieb allein
und beide Schuh, so hübsch und fein.

Und Minz und Maunz, die kleinen,
die sitzen da und weinen:
"Miau! Mio! Miau! Mio!
Wo sind die armen Eltern? wo?"
Und ihre Tränen fließen
wie's Bächlein auf den Wiesen.

Die Geschichte von den schwarzen Buben

Es ging spazieren vor dem Tor
ein kohlpechrabenschwarzer Mohr.
Die Sonne schien ihm aufs Gehirn,
da nahm er seinen Sonnenschirm.
Da kam der Ludwig hergerannt
und trug sein Fähnchen in der Hand.
Der Kaspar kam mit schnellem Schritt
und brachte seine Bretzel mit;
und auch der Wilhelm war nicht steif
und brachte seinen runden Reif.
Die schrien und lachten alle drei,
als dort das Mohrchen ging vorbei,
weil es so schwarz wie Tinte sei!

Da kam der große Nikolas
mit seinem großen Tintenfaß.
Der sprach: „Ihr Kinder, hört mir zu
und laßt den Mohren hübsch in Ruh!
Was kann denn dieser Mohr dafür,
daß er so weiß nicht ist wie ihr?"
Die Buben aber folgten nicht
und lachten ihm ins Angesicht
und lachten ärger als zuvor
über den armen schwarzen Mohr.

Der Niklas wurde bös und wild, –
du siehst es hier auf diesem Bild!
Er packte gleich die Buben fest,
beim Arm, beim Kopf, bei Rock und West,

den Wilhelm und den Ludewig,
den Kaspar auch, der wehrte sich.
Er tunkt sie in die Tinte tief,
wie auch der Kaspar: „Feuer!" rief.
Bis übern Kopf ins Tintenfaß
tunkt sie der große Nikolas.

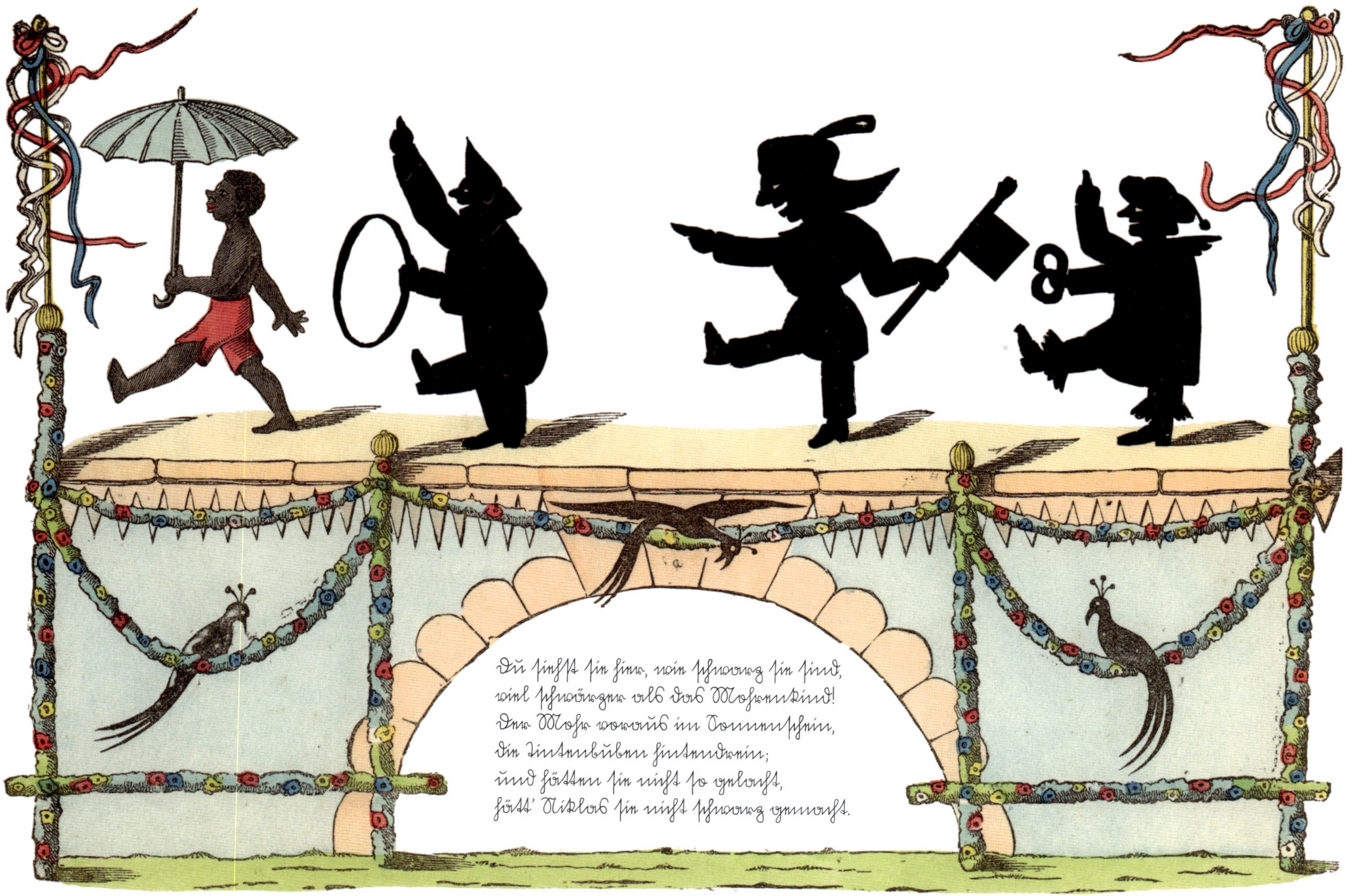
Du siehst sie hier, wie schwarz sie sind,
viel schwärzer als das Mohrenkind!
Der Mohr voraus im Sonnenschein,
die Tintenbuben hinterdrein;
und hätten sie nicht so gelacht,
hätt' Niklas sie nicht schwarz gemacht.

Die Geschichte vom wilden Jäger

Es zog der wilde Jägersmann
sein grasgrün neues Röcklein an;
nahm Ranzen, Pulverhorn und Flint
und lief hinaus ins Feld geschwind.

Er trug die Brille auf der Nas
und wollte schießen tot den Has.

Das Häschen sitzt im Blätterhaus
und lacht den blinden Jäger aus.

Jetzt schien die Sonne gar zu sehr,
da ward ihm sein Gewehr zu schwer.
Er legte sich ins grüne Gras;
das alles sah der kleine Has.
Und als der Jäger schnarcht' und schlief,
der Has ganz heimlich zu ihm lief
und nahm die Flint und auch die Brill
und schlich davon ganz leis und still.

Die Brille hat das Häschen jetzt
sich selbst auf seine Nas gesetzt,
und schießen will's aus dem Gewehr.
Der Jäger aber fürcht' sich sehr.
Er läuft davon und springt und schreit:
„Zu Hilf, ihr Leut! Zu Hilf, ihr Leut!"

Da kommt der wilde Jägersmann
zuletzt beim tiefen Brünnchen an.
Er springt hinein. Die Not war groß;
es schießt der Has die Flinte los.

Des Jägers Frau am Fenster saß
und trank aus ihrer Kaffeetass'.
Die schoß das Häschen ganz entzwei;
da rief die Frau: »O wei! O wei!«
Doch bei dem Brünnchen heimlich saß
des Häschens Kind, der kleine Has.
Der hockte da im grünen Gras;
dem floß der Kaffee auf die Nas.
Er schrie: „Wer hat mich da verbrannt?"
und hielt den Löffel in der Hand.

Die Geschichte vom Daumenlutscher

„Konrad!" sprach die Frau Mama,
„ich geh aus und du bleibst da.
Sei hübsch ordentlich und fromm,
bis nach Haus ich wieder komm.
Und vor allem, Konrad, hör!
lutsche nicht am Daumen mehr;
denn der Schneider mit der Scher
kommt sonst ganz geschwind daher,
und die Daumen schneidet er
ab, als ob Papier es wär."

Fort geht nun die Mutter, und
wupp! den Daumen in den Mund.

Bautz! da geht die Türe auf,
und herein in schnellem Lauf
springt der Schneider in die Stub
zu dem Daumen=Lutscher=Bub.
Weh! Jetzt geht es klipp und klapp
mit der Schere die Daumen ab,
mit der großen scharfen Schere!
Hei! da schreit der Konrad sehr.

Als die Mutter kommt nach Haus,
sieht der Konrad traurig aus.
Ohne Daumen steht er dort,
die sind alle beide fort.

Die Geschichte vom Suppen-Kaspar

Der Kaspar, der war kerngesund,
ein dicker Bub und kugelrund.
Er hatte Backen rot und frisch;
die Suppe aß er hübsch bei Tisch.
Doch einmal fing er an zu schrein:
„Ich esse keine Suppe! Nein!
Ich esse meine Suppe nicht!
Nein, meine Suppe ess' ich nicht!"

Am nächsten Tag, – ja sieh nur her!
Da war er schon viel magerer.
Da fing er wieder an zu schrein:
„Ich esse keine Suppe! Nein!
Ich esse meine Suppe nicht!
Nein, meine Suppe ess' ich nicht!"

Am dritten Tag, o weh und ach!
Wie ist der Kaspar dünn und schwach!
Doch als die Suppe kam herein,
gleich fing er wieder an zu schrein:
„Ich esse keine Suppe! Nein!
Ich esse meine Suppe nicht!
Nein, meine Suppe ess' ich nicht!"

Am vierten Tage endlich gar
der Kaspar wie ein Fädchen war.
Er wog vielleicht ein halbes Lot –
und war am fünften Tage tot.

Die Geschichte vom Zappel-Philipp

„Ob der Philipp heute still
wohl bei Tische sitzen will?"
Also sprach in ernstem Ton
der Papa zu seinem Sohn,
und die Mutter blickte stumm
auf dem ganzen Tisch herum.
Doch der Philipp hörte nicht,
was zu ihm der Vater spricht.
Er gaukelt
und schaukelt,
er trappelt
und zappelt
auf dem Stuhle hin und her.
„Philipp, das mißfällt mir sehr!"

Seht, ihr lieben Kinder, seht,
wie's dem Philipp weiter geht!
Oben steht es auf dem Bild.
Seht! Er schaukelt gar zu wild,
bis der Stuhl nach hinten fällt;
da ist nichts mehr, was ihn hält;
nach dem Tischtuch greift er, schreit.
Doch was hilft's? Zu gleicher Zeit
fallen Teller, Flasch' und Brot,
Vater ist in großer Not,
und die Mutter blicket stumm
auf dem ganzen Tisch herum.

Nun ist Philipp ganz versteckt,
und der Tisch ist abgedeckt.
Was der Vater essen wollt,
unten auf der Erde rollt;
Suppe, Brot und alle Bissen,
alles ist herabgerissen;
Suppenschüssel ist entzwei,
und die Eltern stehn dabei.
Beide sind gar zornig sehr,
haben nichts zu essen mehr.

Die Geschichte vom Hans Guck-in-die-Luft

Wenn der Hans zur Schule ging,
stets sein Blick am Himmel hing.
Nach den Dächern, Wolken, Schwalben
schaut er aufwärts, allenthalben.
Vor die eignen Füße dicht,
ja, da sah der Bursche nicht,
also daß ein jeder ruft:
„Seht den Hans Guck-in-die-Luft!"

Kam ein Hund dahergerannt;
Hänslein blickte unverwandt
in die Luft.
Niemand ruft:
„Hans! gib acht, der Hund ist nah!"
Was geschah?
Bauz! Perdauz! – da liegen zwei!
Hund und Hänschen nebenbei.

Einst ging er an Ufers Rand
mit der Mappe in der Hand.
Nach dem blauen Himmel hoch
sah er, wo die Schwalbe flog,
also daß er kerzengrad
immer mehr zum Flusse trat.
Und die Fischlein in der Reih
sind erstaunt sehr, alle drei.

Noch ein Schritt! und plumps! der Hans
stürzt hinab kopfüber ganz! –
Die drei Fischlein, sehr erschreckt,
haben sich sogleich versteckt.

Doch zum Glück da kommen zwei
Männer aus der Näh herbei,
und die haben ihn mit Stangen
aus dem Wasser aufgefangen.

Seht! Nun steht er triefend naß!
Ei! das ist ein schlechter Spaß!
Wasser läuft dem armen Wicht
aus den Haaren ins Gesicht,
aus den Kleidern, von den Armen;
und es friert ihn zum Erbarmen.

Doch die Fischlein alle drei
schwimmen hurtig gleich herbei;
strecken's Köpflein aus der Flut,
lachen, daß man's hören tut,
lachen fort noch lange Zeit;
und die Mappe schwimmt schon weit.

Die Geschichte vom fliegenden Robert

Wenn der Regen niederbraust,
wenn der Sturm das Feld durchsaust,
bleiben Mädchen oder Buben
hübsch daheim in ihren Stuben. –
Robert aber dachte: „Nein!
das muß draußen herrlich sein!"
Und im Felde patschet er
mit dem Regenschirm umher.

Hui, wie pfeift der Sturm und keucht,
daß der Baum sich niederbeugt!
Seht! den Schirm erfaßt der Wind,
und der Robert fliegt geschwind
durch die Luft so hoch, so weit.
Niemand hört ihn, wenn er schreit.
An die Wolken stößt er schon,
und der Hut fliegt auch davon.

Schirm und Robert fliegen dort
durch die Wolken immer fort.
Und der Hut fliegt weit voran,
stößt zuletzt am Himmel an.
Wo der Wind sie hingetragen,
ja! das weiß kein Mensch zu sagen.

Heinrich Hoffmann
Der Struwwelpeter
Lustige Geschichten und drollige Bilder

Vorspruch

Wenn die Kinder artig sind,
kommt zu ihnen das Christkind;
wenn sie ihre Suppe essen
und das Brot auch nicht vergessen,
wenn sie, ohne Lärm zu machen,
still sind bei den Siebensachen,
beim Spaziergehn auf den Gassen
von Mama sich führen lassen,
bringt es ihnen Gut's genug
und ein schönes Bilderbuch.

Der Struwwelpeter

Sieh einmal, hier steht er,
pfui! der Struwwelpeter!
An den Händen beiden
ließ er sich nicht schneiden
seine Nägel fast ein Jahr;
kämmen ließ er nicht sein Haar.
»Pfui!« ruft da ein jeder:
»Garstger Struwwelpeter!«

Die Geschichte vom bösen Friederich

Der Friederich, der Friederich,
das war ein arger Wüterich!
Er fing die Fliegen in dem Haus
und riss ihnen die Flügel aus.
Er schlug die Stühl und Vögel tot,
die Katzen litten große Not.
Und höre nur, wie bös er war:
Er peitschte seine Gretchen gar!

Am Brunnen stand ein großer Hund,
trank Wasser dort mit seinem Mund.
Da mit der Peitsch herzu sich schlich
der bitterböse Friederich;
und schlug den Hund, der heulte sehr,
und trat und schlug ihn immer mehr.
Da biss der Hund ihn in das Bein,
recht tief bis in das Blut hinein.
Der bitterböse Friederich,
der schrie und weinte bitterlich. –
Jedoch nach Hause lief der Hund
und trug die Peitsche in dem Mund.

Ins Bett muss Friedrich nun hinein,
litt vielen Schmerz an seinem Bein;
und der Herr Doktor sitzt dabei
und gibt ihm bittre Arzenei.

Der Hund an Friedrichs Tischchen saß,
wo er den großen Kuchen aß;
aß auch die gute Leberwurst
und trank den Wein für seinen Durst.
Die Peitsche hat er mitgebracht
und nimmt sie sorglich sehr in acht.

Die gar traurige Geschichte mit dem Feuerzeug

Paulinchen war allein zu Haus,
die Eltern waren beide aus.
Als sie nun durch das Zimmer sprang
mit leichtem Mut und Sing und Sang,

da sah sie plötzlich vor sich stehn
ein Feuerzeug, nett anzusehn.
»Ei«, sprach sie, »ei, wie schön und fein,
Das muss ein trefflich Spielzeug sein.
Ich zünde mir ein Hölzchen an,
wie's oft die Mutter hat getan.«

Und Minz und Maunz, die Katzen,
erheben ihre Tatzen.
Sie drohen mit den Pfoten:
»Der Vater hat's verboten!
Miau! Mio! Miau! Mio!
Lass stehn! Sonst brennst du lichterloh!«

Paulinchen hört die Katzen nicht!
Das Hölzchen brennt gar hell und licht,
das flackert lustig, knistert laut,
grad wie ihr's auf dem Bilde schaut.
Paulinchen aber freut sich sehr
und sprang im Zimmer hin und her.

Doch Minz und Maunz, die Katzen,
erheben ihre Tatzen.
Sie drohen mit den Pfoten:
»Die Mutter hat's verboten!
Miau! Mio! Miau! Mio!
Wirf's weg! Sonst brennst du lichterloh!«

Doch, weh! die Flamme fasst das Kleid,
die Schürze brennt; es leuchtet weit.
Es brennt die Hand, es brennt das Haar,
es brennt das ganze Kind sogar.

Und Minz und Maunz, die schreien
gar jämmerlich zu zweien:
»Herbei! Herbei! Wer hilft geschwind?
Im Feuer steht das ganze Kind!
Miau! Mio! Miau! Mio!
Zu Hilf! Das Kind brennt lichterloh!«

Verbrannt ist alles ganz und gar,
das arme Kind mit Haut und Haar;
ein Häuflein Asche blieb allein
und beide Schuh, so hübsch und fein.

Und Minz und Maunz, die kleinen,
die sitzen da und weinen:
»Miau! Mio! Miau! Mio!
Wo sind die armen Eltern? Wo?«
Und ihre Tränen fließen
wie's Bächlein auf den Wiesen.

Die Geschichte von den schwarzen Buben

Es ging spazieren vor dem Tor
ein kohlpechrabenschwarzer Mohr.
Die Sonne schien ihm aufs Gehirn,
da nahm er seinen Sonnenschirm.
Da kam der Ludwig hergerannt
und trug ein Fähnchen in der Hand.
Der Kaspar kam mit schnellem Schritt
und brachte seine Brezel mit;
und auch der Wilhelm war nicht steif
und brachte seinen runden Reif.
Die schrien und lachten alle drei,
als dort das Mohrchen ging vorbei,
weil es so schwarz wie Tinte sei!

Da kam der große Nikolas
mit seinem großen Tintenfass.
Der sprach: »Ihr Kinder, hört mir zu,
und lasst den Mohren hübsch in Ruh!
Was kann denn dieser Mohr dafür,
dass er so weiß nicht ist wie ihr?«
Die Buben aber folgten nicht
und lachten ihm ins Angesicht
und lachten ärger als zuvor
über den armen schwarzen Mohr.

Der Niklas wurde bös und wild, –
du siehst es hier auf diesem Bild!
Er packte gleich die Buben fest,
beim Arm, beim Kopf, bei Rock und West,
den Wilhelm und den Ludewig,
den Kaspar auch, der wehrte sich.
Er tunkt sie in die Tinte tief,
wie auch der Kaspar: »Feuer!« rief.
Bis übern Kopf ins Tintenfass
tunkt sie der große Nikolas.

Du siehst sie hier, wie schwarz sie sind,
viel schwärzer als das Mohrenkind!
Der Mohr voraus im Sonnenschein,
die Tintenbuben hintendrein;
und hätten sie nicht so gelacht,
hätt' Niklas sie nicht schwarz gemacht.

Die Geschichte vom wilden Jäger

Es zog der wilde Jägersmann
sein grasgrün neues Röcklein an;
nahm Ranzen, Pulverhorn und Flint
und lief hinaus ins Feld geschwind.

Er trug die Brille auf der Nas
und wollte schießen tot den Has.

Das Häschen sitzt im Blätterhaus
und lacht den blinden Jäger aus.

Jetzt schien die Sonne gar zu sehr,
da ward ihm sein Gewehr zu schwer.
Er legte sich ins grüne Gras;
das alles sah der kleine Has.
Und als der Jäger schnarcht' und schlief,
der Has ganz heimlich zu ihm lief
und nahm die Flint und auch die Brill
und schlich davon ganz leis und still.

Die Brille hat das Häschen jetzt
sich selber auf die Nas gesetzt,
und schießen will's aus dem Gewehr.
Der Jäger aber fürcht' sich sehr.
Er läuft davon und springt und schreit:
»Zu Hilf, ihr Leut! Zu Hilf, ihr Leut!«

Da kommt der wilde Jägersmann
zuletzt beim tiefen Brünnchen an.
Er springt hinein. Die Not war groß;
es schießt der Has die Flinte los.

Des Jägers Frau am Fenster saß
und trank aus ihrer Kaffeetass'.
Die schoss das Häschen ganz entzwei;
da rief die Frau: »O wei! O wei!«
Doch bei dem Brünnchen heimlich saß
des Häschens Kind, der kleine Has.
Der hockte da im grünen Gras;
dem floss der Kaffee auf die Nas.
Er schrie: »Wer hat mich da verbrannt?«
und hielt den Löffel in der Hand.

Die Geschichte vom Daumenlutscher

»Konrad!« sprach die Frau Mama,
»ich geh aus und du bleibst da.
Sei hübsch ordentlich und fromm,
bis nach Haus ich wieder komm.
Und vor allem, Konrad, hör!
lutsche nicht am Daumen mehr;
denn der Schneider mit der Scher
kommt sonst ganz geschwind daher,
und die Daumen schneidet er
ab, als ob Papier es wär.«

Fort geht nun die Mutter, und
wupp! den Daumen in den Mund.

Bautz! da geht die Türe auf,
und herein in schnellem Lauf
springt der Schneider in die Stub
zu dem Daumen-Lutscher-Bub.
Weh! Jetzt geht es klipp und klapp
mit der Scher die Daumen ab,
mit der großen scharfen Scher!
Hei! Da schreit der Konrad sehr.

Als die Mutter kommt nach Haus,
sieht der Konrad traurig aus.
Ohne Daumen steht er dort,
die sind alle beide fort.

Die Geschichte vom Suppen-Kaspar

Der Kaspar, der war kerngesund,
ein dicker Bub und kugelrund,
er hatte Backen rot und frisch;
die Suppe aß er hübsch bei Tisch.
Doch einmal fing er an zu schrein:
»Ich esse keine Suppe! Nein!
Ich esse meine Suppe nicht!
Nein, meine Suppe ess ich nicht!«

Am nächsten Tag, ja sieh nur her!
da war er schon viel magerer.
Da fing er wieder an zu schrein:
»Ich esse keine Suppe! Nein!
Ich esse meine Suppe nicht!
Nein, meine Suppe ess ich nicht!«

Am dritten Tag, o weh und ach!
wie ist der Kaspar dünn und schwach!
Doch als die Suppe kam herein,
gleich fing er wieder an zu schrein:
»Ich esse keine Suppe! Nein!
Ich esse meine Suppe nicht!
Nein, meine Suppe ess ich nicht!«

Am vierten Tage endlich gar
der Kaspar wie ein Fädchen war.
Er wog vielleicht ein halbes Lot, –
und war am fünften Tage tot.

Die Geschichte vom Zappel-Philipp

»Ob der Philipp heute still
wohl bei Tische sitzen will?«
Also sprach in ernstem Ton
der Papa zu seinem Sohn,
und die Mutter blickte stumm
auf dem ganzen Tisch herum.
Doch der Philipp hörte nicht,
was zu ihm der Vater spricht.
Er gaukelt
und schaukelt,
er trappelt
und zappelt
auf dem Stuhle hin und her.
»Philipp, das missfällt mir sehr!«

Seht, ihr lieben Kinder, seht,
wie's dem Philipp weiter geht!
Oben steht es auf dem Bild.
Seht! Er schaukelt gar zu wild,
bis der Stuhl nach hinten fällt;
da ist nichts mehr, was ihn hält;
nach dem Tischtuch greift er, schreit.
Doch was hilft's? Zu gleicher Zeit
fallen Teller, Flasch' und Brot,
Vater ist in großer Not,
und die Mutter blicket stumm
auf dem ganzen Tisch herum.

Nun ist Philipp ganz versteckt,
und der Tisch ist abgedeckt.
Was der Vater essen wollt,
unten auf der Erde rollt;
Suppe, Brot und alle Bissen,
alles ist herabgerissen;
Suppenschüssel ist entzwei,
und die Eltern stehn dabei.
Beide sind gar zornig sehr,
haben nichts zu essen mehr.

Die Geschichte vom Hans Guck-in-die-Luft

Wenn der Hans zur Schule ging,
stets sein Blick am Himmel hing.
Nach den Dächern, Wolken, Schwalben
schaut er aufwärts, allenthalben.
Vor die eignen Füße dicht,
ja, da sah der Bursche nicht,
also dass ein jeder ruft:
»Seht den Hans Guck-in-die-Luft!«

Kam ein Hund dahergerannt;
Hänslein blickte unverwandt
in die Luft.
Niemand ruft:
»Hans! gib acht, der Hund ist nah!«
Was geschah?
Pauz! Perdauz! – da liegen zwei!
Hund und Hänschen nebenbei.

Einst ging er an Ufers Rand
mit der Mappe in der Hand.
Nach dem blauen Himmel hoch
sah er, wo die Schwalbe flog,
also dass er kerzengrad
immer mehr zum Flusse trat.
Und die Fischlein in der Reih
sind erstaunt sehr, alle drei.

Noch ein Schritt! und plumps! der Hans
stürzt hinab kopfüber ganz! –
Die drei Fischlein sehr erschreckt
haben sich sogleich versteckt.

Doch zum Glück da kommen zwei
Männer aus der Näh herbei,
und die haben ihn mit Stangen
aus dem Wasser aufgefangen.

Seht! Nun steht er triefend nass!
Ei! das ist ein schlechter Spaß!
Wasser läuft dem armen Wicht
aus den Haaren ins Gesicht,
aus den Kleidern, von den Armen;
und es friert ihn zum Erbarmen.

Doch die Fischlein alle drei
schwimmen hurtig gleich herbei;
Strecken 's Köpflein aus der Flut,
lachen, dass man's hören tut,
lachen fort noch lange Zeit;
und die Mappe schwimmt schon weit.

Die Geschichte vom fliegenden Robert

Wenn der Regen niederbraust,
wenn der Sturm das Feld durchsaust,
bleiben Mädchen oder Buben
hübsch daheim in ihren Stuben. –
Robert aber dachte: »Nein!
Das muss draußen herrlich sein!« –
Und im Felde patschet er
mit dem Regenschirm umher.

Hui, wie pfeift der Sturm und keucht,
dass der Baum sich niederbeugt!
Seht! den Schirm erfasst der Wind,
und der Robert fliegt geschwind
durch die Luft so hoch, so weit.
Niemand hört ihn, wenn er schreit.
An die Wolken stößt er schon,
und der Hut fliegt auch davon.

Schirm und Robert fliegen dort
durch die Wolken immer fort.
Und der Hut fliegt weit voran,
stößt zuletzt am Himmel an.
Wo der Wind sie hingetragen,
ja! das weiß kein Mensch zu sagen.